KB080440

죽지 말고 지지 말고 사랑해

사랑해

죽지 말고 지지 말고

민하영

사랑 생존자가 들려주는
독하고 아름다운 87편의 사랑노래

카프카의방

작가의 말

사랑은 늘 제자리로 돌아갔습니다.
당신과 나의 배꼽, 그 근원에 닿기 위해 끌어당겼던 팽팽한 텐션은 환원되지 못한 채
부채처럼 서로에게 남았습니다.

그것도 신이 써놓은 여정일까요. 그러나 사랑은 다시 어디에서든 불쑥 찾아왔습니다.
죽음처럼 포근하게, 노래처럼 다정하게.

사랑은 말하여져서는 안 되는 것이라고 생각했습니다.
함구하고 침묵할 때 깊어지는 것이라고 믿었습니다.
그리하여 사랑을 쓰게 될 줄 몰랐습니다.

사랑을, 사랑을, 사랑을.
갸륵하고 헛되다고 말하면 그만일 시간 속에서
나는 쓰는 것만이 사랑에 대해 내가 보일 수 있는 예의라는 걸 알았습니다.

사랑을 하면서 살아남는 것은 부끄러운 일입니다.

더욱이 살아남은 일을 쓰는 일은 더 부끄러운 일입니다.

그러나, 저는 부끄러움을 감내하는 것으로

사랑의 전모를, 우리가 사는 동안 한번쯤 목숨을 걸어도 좋았을

사랑의 면목을 털어놓기로 했습니다.

우주의 한 점, 일시적으로 점유하고 있는 이 작은 시공에서

내 존재의 빚을 갚고 싶었습니다.

씀으로써 나의 바깥으로 나를 밀어내며

사랑과 사랑 아닌 것의 경계를 허물고 싶었습니다.

민하영

목차

| 2부 |

| 3부 |

작품에 대한 독자들의 감정이입과 몰입도를 방해하지 않기 위해 본문에서는 해당 작품의 제목을 표기하지 않았습니다.

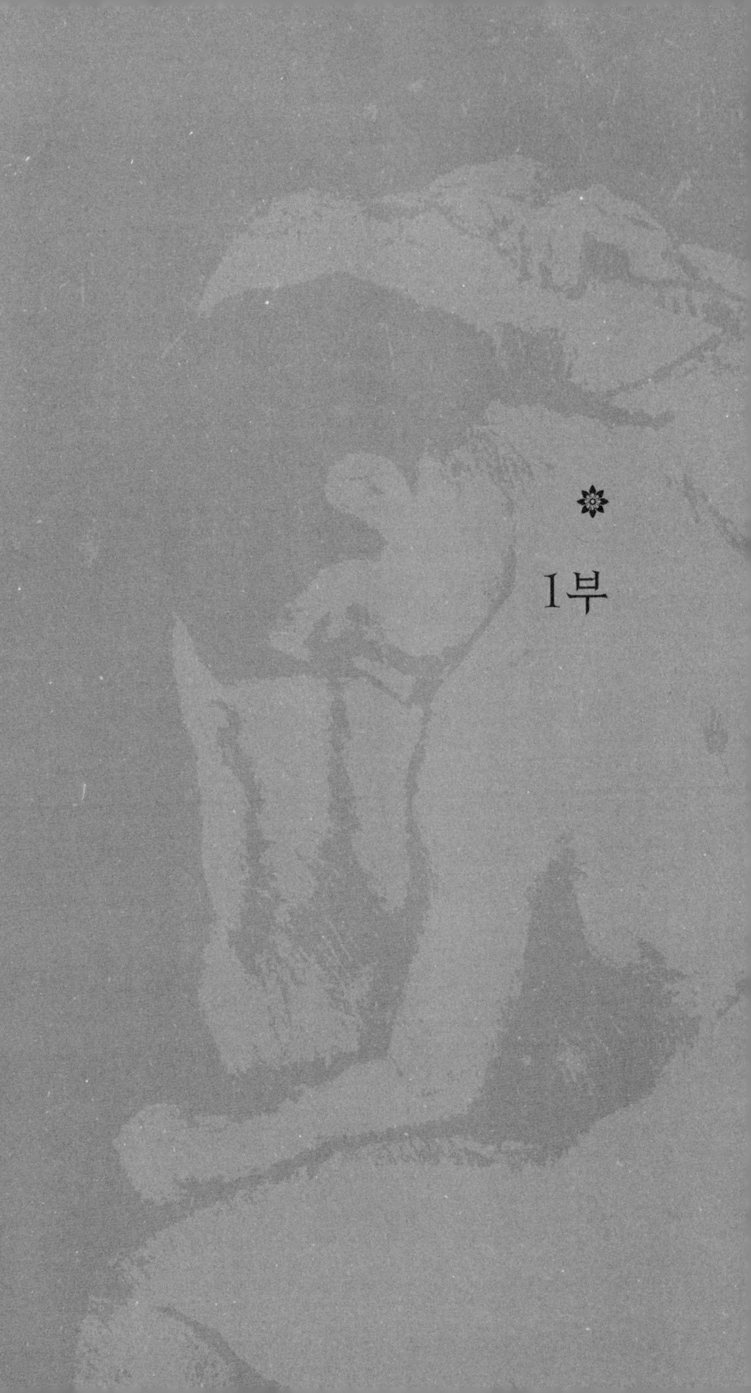

1부

❁

혹시 아니?

잎이 떨어질 때 짓는

꽃의 웃음을

그 완벽한 적멸을

❁

당신이 말했다.

나 말고.

난 생각했다.

그 누구.

당신 없는 십이월.

난 생각한다.

죽지 않아도.

죽어도.

당신 말고.

그 누구.

이제껏 십일월을

살았던.

❁

매일 취합니다. 내가 취해서 떠나 보내는 시간은 어떤 희생이 없다면 불가능한 일입니다. 사소하지만 이기적인 일입니다. 슬픔이 떠나질 않습니다. 자라는 손톱을 깎아낼 때도, 몸에 달라붙는 먼지를 털어낼 때도, 알지 못하는 이들의 부고에도, 길에서 만나는 고양이와 비둘기의 몸짓에서도 슬픔이 돋아 올라 내게로 향합니다. **그리움의 힘 때문이 아닙니다.** 슬픔은 사람의 일일까요. 까마득한 높이를 생각합니다. 슬픔마저 감지되지 않는 곳, 그곳에 나의 궁극을 두고 싶습니다.

❁

운명으로부터

버림받은 이들은

고통만으로

생을

감지한다

그들에게 수시로

밤이 번져온다

곧 어둠이다

욕망의 첫 숲을 탐하고자 했던 이들

오직 그것만이 잘못이었던 이들

깊은 뿌리들이

어둠을 타고

내려서는 그들을 가르친다

사랑으로 데려가지 못한

욕망은 고독의 원적지라는 걸

✿

아이다호에 갔었다
비는 내리지 않았고 길들의 끝자락은 낮은 하늘로 흐리게 번져 올랐다
어지러이 몸을 섞는 길 위에서 길의 끝에서 나는 길과 섞이고 싶었다
아이다호여서 가능한
꿈이었다

❁

그런 문장이 있어
끌어안을 순 없었지만
다가서고 싶었던
누군가 사라지면
그제야 보일지 모르는
얄궂은 운명을 지닌 문장이 있어
그리고 그런 노래도 있어
쓰기 전에 지워진 노래
존재하지 않는 음정들이
엇박자로 부딪쳐
시작도 없이 끝나버리는
노래들이 있어
넌 모르겠지만
아니, 몰라야만 하지만
슬픔이 문장이 되고
노래가 되기도 하는
숨어버린 이야기가 있어
모르겠지만
끝내 몰라야 하지만

❁

12월이면
온생을 들끓다
붉어진 마음
무심한 눈길에
마음속 핏기까지
식어버린 십이월이면
내 영혼은 또
손톱만큼 겨우 자란다

❁

몸서리치게 고독할 때 가끔 이국의 공동묘지를 배회했다
난 슬픔을 모른 척하기 위해 세워 놓은 경계가 사라지는 것을
잘 알아차리지 못했다
이미 지워진 그 자리에 넋을 들여놓기도 했다
발걸음이 떨어지지 않았다
사랑하다 죽어버린 이의 묘비를 쓰다듬었다
내 머리칼을 쓰다듬듯이
차가운 생을 어루만지듯이

❁

혼에 술을 끼얹는 것이 혼술 아닐까요. 맑아지라고. 술처럼 맑아지라고. 그렇게 맑아져서 투명한 몸을 가지라고. 혼이 붙어 있는지 없는지 알 수 없는 존재가 되라고. 그래서 젖지도 마르지도 않는 심연에 가 닿으라고. 스스로 내려주는 세례입니다, 복음입니다.

✵

옛 성터에 가본 적 있는 사람은 안다. 거기 절멸의 언어가 나부낀다는 것을. 온전히 해체된 옛 성터처럼, 성터에 떨어져 뒹구는 낙엽처럼 한없이 가벼워져 어느 무엇과도 무연하기를 바랐다. 차가운 건반 위를 주유하는 피아니스트의 손가락처럼, 사막을 건너는 바람처럼. 영겁을 달려온 무소의 뿔은 잠시 내 안에서 놓아주고.

❁

호기심 없이 별에 타는

정오의 개처럼, 개의 하품처럼

사랑이 증발되었다고 하면

믿을 수 있나요

❁

낮술을 자주 마셨던
멀거나 짧았던 날들
몸과 마음이 미치지 못한 영토
그게 전부였나
선명했던 빛도
기억의 윤곽도
몸을 치던 바람도
내 것 같지 않았다
돌아가고 싶었다
그리움이 살던 창밖으로
창밖이라는 당신에게

❁

이국의 바bar 에서 만난 낯선 사람들과 마리화나를 말아 피우다 몸이 식으면 초록빛 삼단쿠션에 누워 위스키를 마셨다. 나는 너를 피해 그 판타지로 망명했다. 아침이면 골목 맞은편 가게에서 술과 라면을 샀다. 빨간 벽돌집 이 층 작은방에 그렇게 며칠씩 머물다 오면 몸에 고인 물이 두 눈으로 모조리 쏟아져 나왔다.

❁

그때 너는 내 사람이었지만 나는 행복하지 않았다
네가 내 사람이었을 때
결국 우리 모두 행복하지 않았다
너는 우리를 삼켜버린 불행의 시놉시스를 읽고 있었다
책갈피에 매달린 불안의 조짐을
한 장 한 장 넘기더니 끝내 끌어안았다
우리는 우리의 예감을 저주하지 않았고
불행 앞에서 솜털처럼 가볍고자 했다
불행의 끝에서 불행의 다른 가능성을 만들었다
우리는 불행한 우주였다
우리는 고독의 다른 이름이었다

❁

창밖을

내다본다

절대의 시간이다

숨이

잠시 지나가다

미분되고

다시 미분되어

들여다보는

저 미지와 뒤섞여

이 무정형의

캡슐 안에 혼재할

나를 내다본다

쓸쓸해하는 너를

가만히 들여다본다

응시한다고 쓰지 않고

들여다본다,라고 쓴다

❁

몽상은 나의
사치스러운 사생활,
차가운 바람이
밤을 지나갔다
바람이 지나가는
방에 누워
흰나무 가득한 숲을 생각했다
영혼이 깃드는
북녘의 숲과
소멸하는 바람의
안식에 대해
무엇도 벨 수 없는
무디고도 더딘 날을 가진
그 아픈 칼을
몸으로 받는
숲의 슬픔에 대해
최대한 사치스럽게 생각했다

❁

북부역을 아는가

떠나지 못한 새벽

송곳 자국으로

겨울이 들어왔다

빈 거리

낯선 도시의

정류장에서

나는 자백했다

배회하는 신음을

버려두었다

잠시라도 나를

나의 밖으로

몰아내고 싶었다

✵

'나는 너다'라는 말을 알고 있는데
지금 나는 그 사람이다
정오가 지나고 오후의 빈집에서
무심한 나는 지나간 나를 생각하고
지나버린 내가 아프다고
난 멍하니 그 사람의 눈동자를 어루만지려 했지만
도리어 내게 아프지 않느냐고
아니, 아파서 그 사람을 어떻게든 바라보려 했지만
그만 거실로 들어선 햇볕이,
먼지 쌓인 턴테이블과 방금 개어놓은
빨래 위에 내려앉아 난 도리 없이
부엌의 조그만 창으로 다가가
비좁은 눈으로 좁아진 풍경을 바라보며
우리는 이리 오래도록 비어 있는데,
왜 아플까 되뇌는 나는 어디론가
사라져버린 한 조각도 남지 않은
내 허름한 이름들에게, 그 사람에게
있는 힘껏 무의미하도록 침묵했는데
내가 그 사람이 되도록 침묵했는데
나는 그 사람이다 그 사람은 나다

✵

어디에선가 우는 소리가 들려온다면
그건 슬픈 노래와 같다고 생각해
그런데 지금, 혼자 듣고 있는 음악은
내 울음소리일까
난 언제부터 혼자였을까
이 음악을 다 듣는다면
나는 이렇게 혼자로 완성되는 것일까
음악은 혼자 듣는 거라고 내게 말하던 너는
내가 우는 소리라 생각할까
멀리 있는 내가 너를 생각하면서
우는 소리라고 생각할까
들켜버리지 않기 위해
나는 혼자 듣는 음악을 멈춰야 할까

❁

멀리 바람이 숲을 흔든다
숲은 바람을 견디고
바람은 숲을 견딘다
아무도 몰래 오래도록 해온 일이다
난 무얼 견디고 있나
내가 견디는 것은 무엇이고 또 어디인가

감히 마지막 시를 쓴다

삶은 북받치고 죽음은 무심하네

2부

겨울이 시작된 날
밖에는 눈이 쌓이고
눈이 쌓여 적막한 내게
어떤 음악은 기어이 찾아오고
서른 번도 더 지나간
눈쌓인 겨울로 난 길과
그 길에 서 있던 당신과 나는
아무것도 아닌 일로
웃고 울고 마주보던 당신과 나는
저 희미한 설경보다
더 멀어진 나와 당신은
끝없는 정적 속에서
지금까지 멈추지 않는 눈을 맞으며
그곳에 그대로 선 채
어느 방향으로도 향하지 못하는 눈길을
거두지도 못한 당신과 나 사이로
어떤 음악이 기어이 당도하고
갑작스런 폭설에 갇힌 내게
그건 아무것도 아니라고 하는

달력 위의 무기력한 숫자들을 바라보는
내게, 당도한 어떤 음악은,
어쩌면 지금이 마지막이라고
내게, 그리고
지금 내게 없는 당신에게

당신이 준 **것들**

함께 만든 **것들**

죄다 버리고

잠시 울었다

마취 풀린 듯 온몸이 아팠다

잠시 울고 나서는

당신도 버렸는데 **뭘**

헛웃음이 나왔다

처음에 우리는

서로 너무 예쁘고 떨려서

바라보지 못했다

끝까지 **못 버린 건**

내 눈 속에 있던 **당신**

당신이 담겨 있던 나

그때 우리를 비추던,

세상 가장 빠른 속도로

사라져버린 빛은 지금은

어디를 향해 가고 있을지

그리움을 풍경화처럼 그린다면
네 뒷모습이 아닐까 생각했었다
우린 멀리 있었고
늘 내게 맺힌 건 작은 뒷모습
멀다는 것은, 잡히지 않을 만큼 멀다는 것은
곧 우리가 이별해 있다는 것
내 안에서 맴돌던
당신의 배후는
내가 닿을 수 없는
미지의 세계가 되었다
아직도 내 안에는 당신이 어지럽게
그려놓은 내 슬픔과
수많은 뒷모습들
오래되어 낡은 웃음과
언제나 새롭기만 한 이별
나는 당신에게 뒷모습을 보이지 않았다

그때 보았지
내 맨발에 걸려 있던 하얀 샌들의 끈
그 아래
어제 내린 비가 만들어둔 웅덩이에는
너의 웃는 얼굴이 들어 있었을 것도 같은데
거리는 빛났고
네 손은 따뜻했고
등 뒤에 있던 너의 떨림은 다정했고
연인들이 헤어지면 그 사랑은 어디로 가는 건지
여름은 매번 돌아왔지만
눈물은 말랐고
밭은기침도 그쳤고
희미한 기억의 경련도 사라져
떠오르는 건 너의 얼굴도 아닌
나의 눈물도 아닌
내 맨발 위에 걸려 있던 너의 하얀 샌들, 그 투명한 끈

해맑게 웃으며
같이 죽자, 했었다
죽음마저도 쉬워 보였던
오래전 우리는
그랬었다
생은 더디고
시간은 무뎌
구원처럼 헤어지던 당신과 난
아무런 고통 없이
한마디 말도 없이
두 손을 흔들었다
내 많았던 날들은
당신과 무관했었다
나의 비릿한 살덩이들은
수백 번 소각로를 돌아 나왔다
어쩌면 당신은 벌써 죽었을까
난 조금도 울지 않았는데

매일 마셨다

늦은 밤, 문자들은

어김없이, 봄비처럼 당도했다

내가 없는 곳으로

내가 모르는 곳으로

취한 기억 속

존재하지 않는 문장들

돌아온다고 말했었는데,

그에게서 사라져버린 문장들

나를 영영 떠나버린 문장들

밤에는 눈이 내렸다

허공을 휘저으며

더운 이마를 짚어 내리던

차가운 손들, 밤눈의 기척

어디론가 걸으며

더운 입김으로 널 불렀다

네 이름도 뒤따라 어둠이 되었다

오래도록 소식이 없었지만

침묵을 배운 적이 없었다

고통은 그 속에서 고요했다
참을 수 없었지만, 꼭 그렇지만은 않았다
내가 할 수 있는 일은
뒤덮는 눈과 뒤덮이는 눈들 사이에
오래도록 서 있는 것이었다

뒤돌아

본다

오래도록

무너진다

어느 낮이나

어느 밤이나

매일매일

무너진다 너를 향해 무너진다

무너져서라도 **닿고 싶어서**

난

뒤쫓지 않았다

뒤쫓을 수 없었다

우린

슬픔의

거룩한 속도로

멀어졌으니까

견뎌야 한다
불신의 시간
누설과 침묵의 시간
냉기와 온기
염려와 욕망
습기와 먼지가
뒤엉키는 시간
두려움이 다른 두려움으로
교체되는 시간
거짓이 거짓을
뒤덮는 시간
옛일들이 홍수처럼 범람하는 시간
견뎌야 한다
전부 내가 불러들인 시간이므로

동해비치 506호에 대한 이야기다
바다 가까이 있었다
보이는 세상의 반이
나머지와 닿아 있는 곳
거기서 바람의 춤을 보았다
느낄 수 있지만 알 수 없는
모든 존재와 존재의 그림자들
짐작은 얼마나 불편한가
내내 도미 같은 생선을 썰어 먹었다
바다는 검고 낮았다
낮아서 두려웠고
그리움은 그 위에 불안하게 떠 있어
두려움을 더했다
방은 마를 새 없이 젖었다
방 안은 바다의 입 속 같아
짙은 숨에 쓸린 우린 하릴없이
같은 색의 옷을 갈아 입었다
그리고 깊이 저류하는 울림을 들었다
집어삼킨 울음이었고 슬픔이었다

새들이 바람과 섞여 멀어졌다

네 집이 없어진 걸 알았다

가시나무가 목을 타고 넘어오는 것 같았다

이별이 어지간히 깊어졌다는 걸 알았다

이것은 동해비치 506호에 대한 이야기다

하 지 못 한 말 들
쓰 다 지 우 고
쓰 고 는 지 우 고
뜯겨 나간 활자들
어지러운 흔적들
지우려 했던 시간들
그 안의 상처와
보이지 않는 흉터로 남은
아무 조짐 없던 날들
지 울 수 도 쓸 수 도 없 는
공백으로 침묵뿐이었던 날들
이제는 마주보아야 하리라
피하는 건 사랑의 일이 아니다
피 하 는 건 사 랑 이 아 니 다

우리에겐 종종
치명적인 이야기가 필요해
너에게 처음 들어온 그것은
아니 네가 깊이 받아들인 그것은
탐폰 같았다 했지
토미의 그것은 탐폰 같았다 했지
그는 너를 뒤에서만
안았다 했지
길었지 그 여름은
그 여름의 끝에 넌 다시
버밍엄으로 간다 했지
안개였지 우리는 우리의 언어는
우리의 몸짓은 우리의 침묵은
소리 없이 흩어졌지
깊었던 밤
빗소리 울음소리
안아줘 안아줘
너의 젖은 목소리
토미, 토미, 아이오미.

블랙사바스 기타리스트 토니 아이오미에 대한 화자의 오기.

네가 떠난 건

일종의 사태다

살점이

떨어져 나간

자리에

천천히

피가 고인다

눈물은

몸으로 가득히

아프고 나서야

흘러나와

나는 나의 눈물을

다 믿을 수 없다

어떤 비애의 사태는 이렇다

다들 열정 혹은 냉정을

말할 때

나는 겨우

무정을 말하려고 한다

눅눅한 소파에 누워

아침 일찍 강화도로 떠난

사람들을 생각했다

화장도 지우지 않고

옆에 누운 여자는

잠시 뒤척거리다

돌아누운 내 등 뒤로

얕은 숨을 내쉬었다

비 내리는 소리인지

울음소리인지

밤새도록 짧은 잠만 잤다

그렇게 무정은 완성되었다

한 번도 너에게 등 보인 적 없고
너의 반대편에 있지 않았으며
네 손길 닿는 곳 네 눈길 이르는 곳에 머물렀고
네 마음 가는 곳 알려고 하지 않았으며
그저 네 숨결만으로도 믿을 수 없이 행복했는데
우리에게 대체 무슨 일이 일어난 건가요

지난 삶은 망각,

남은 생은 미지

잊혀지거나 잊혀질 우리,

당신과 나의 길

겹치거나 엇갈리는

지독하고 치명적인

걸어야 하는데

사방을 둘러봐도

어느 방향이든 이별이다

이별이다

고열을 앓던 밤이 있다

가만 보니 고열은 참 은유적이다

더운 숨이 가시넝쿨처럼 올라오던 밤

검게 탄 혀 갈라진 입술로 널 부르게 하니까

널 버린 겨울 하얀 입술 차갑던 눈물을

눈물이 뭐냐고?

그래 눈물에 대해 쓰게 될 줄 알았어

내가 그렇지 뭐

너를 찾는 동안 헤진 곳으로 조금씩 흘러들어

이 막막한 열정의 끝과 함께

증발하고 말 황홀하고 수상한 수증기에 대해 말야

어떤 이에겐 신앙이 되기도 하는

사이먼 앤 가펑클의 노래
April come she will은
4월에 찾아왔다가 8월에 죽은
소녀를 노래해
August die she must
네가 떠난 것도
8월이었어
무한 기호 ∞처럼
견고하게 뒷걸음치는 기억을
돌려 세우지 못했어
쓰러진 8월을 일으켜 세우지 못했어

사랑하는 사람을 잃은 친구를 위로하러 갔다.

장례식장 구석에서 내 슬픔인 양 마셨다.

나의 슬픔을 마중하듯 마시고 또 마시는데, 저만치서 내 슬픔이 쏟아지듯

다가오고 있었다.

'모텔 오아시스'
불안하게 네온사인이 흔들리는
간판을 보았다

너를 지나는 바람소리
앙상한 너의 등 뒤로
안아줄 수 없는 상처들
아무것도 자랄 수 없는
모래 언덕들이 지나갔다

오아시스에서는 아무도 사랑할 수 없다

하지 않았어야 했던 말들이라고 생각했는데

지나고 보니,

네가 했던 말들로 위안을, 불안을,

슬픔을 충분히 삼고 있었다

언어는 퇴로가 막힌 사랑의 패잔병

에게 양식을 보급하고 있었다

귀한 연인아
너는 멀어졌지
나는 그만큼 깊어졌고
깊어지지 않아도 좋으니
다시 돌아오렴
돌아와서 가까이 앉으렴
내 텅 빈 깊이를 메워주렴

치과에 다녀왔습니다. 네, 저도 치과를 다니는 사람이에요.

당신들과 같은 사람이죠.

의사 말이 사랑니가 덧났다는 거예요.

난 아무것도 몰랐는데요. 생니를 뽑아야 했어요.

당신들이 겪었던 것을, 저는 이제 겪은 거예요

너무 아팠어요. 많이 울었어요. 울고 싶지 않아도 눈물이 났어요.

더 이상 아프지 말라고 주사도 맞았어요.

이제 아프지 않을까요. 그랬으면 좋겠는데,

어떤 현자는 아플 땐 아파야 한다고 말해요.

사랑니가 있던 자릴 혀가 자꾸 찾아다녀요. 나도 모르게 말이에요.

사랑, 니가 있던, 네가 있던 그 자리를요.

그래 맞아,

연모戀慕라는 이름의 욕심이야

너의 슬픔이 되고 싶어

너의 슬픔을 품고 싶어

너의 생에 흐르고 싶어

다 욕심이야

당신은 나의 점령군

나는 앞뒤로 체포되었다

당신의 눈물로

며칠을 앓았다

당신의 슬픔도

내겐 다 그리움이거든

그리움이라는 쇠사슬이거든

선부른 밤과 무력한 아침 나는 기운 없이 눕습니다. 어떤 숨이 고요히 방 안을 드나듭니다. 그 나직한 소리를 가만히 듣자니 가혹한 유배지의 짧은 봄을 지나는 것 같습니다. 당신은 내게 피어나지 않았고 난 당신에게 한순간도 맺히지 못했으니까요. 하지만 급격해진 시간이 생을 휘몰아치는 곳에 당도했을때 난 조금 몸을 일으킬 수도 있을 것 같습니다. 그러한 생각에 또다시 숨을 무기력하게 끌어안고 돌아 눕습니다.

통증이 모여 네가 되었지

내 안에서 회복될 수 없는 너

항암치료도 할 수 없는

불치의 지독한 너

너라는 데미지

47번 국도를 달린다
그래 맞아, 너와 달렸던 길이야
그런데 갑자기 비가 쏟아진다
길이 젖는다, 기억이 잠긴다
마르지 않은 기억들이 흙모래처럼 쏟아진다
길이 닫힌다, 아직 닿으려면 한참 먼 길인데
복구반은 오래도록 도착하지 않는다

슬픔은 오래전에 와 있으나,
나는 못본 척 모르는 척 슬픔을 밀어낸다
헛되고 헛된 나는 내게 당도한
슬픔을 중심에 들여놓지 못한다

부서질까봐 두려워서
쏟아질까봐 두려워서

슬픔의 눈에게 단 한마디도 건네지 못하고
함부로 슬픔을 발신한 당신을 원망한다
당신의 표정에서 위로의 말을 급히 찾는다
그러는 사이에 눈물겨운 건 죄다 들어섰는데

어디가 어떻게 아픈 거냐고 물어볼 엄두가 나지 않았다. 그래, 내가 잠시 헤맸던 걸 인정한다. 이제 전화하지 마. 헤어졌잖아. 이별의 애프터서비스 같은 거야? 서로 상처만 더 받을 거야. 아직도 계속 맴도는 당신 목소리. 내 귀에 녹음 장치가 달려 있는지도 모른다. 우린 어느 순간 멈추었고 그 상태 그대로 21년이 지나갔다. 헤어진 날 그 밤, 그 거리, 실내의 작은 소란, 눈물, 차가운 말들, 불안한 표정과 몸짓, 원망의 눈빛. 이미 모두 잊었지만 이별의 날 당신에게 던졌던 내 모진 것들은 아직 내게 그대로 남아 있다. 버려야 할 폐품의 목록이다.

끝나도 돌아오지 않을 것이다. 어느 곳으로도. 아주 긴 해외출장이라고 했다. 긴말이 오가지 않았다. 관계가 정리되고 있구나, 내 존재도. 그런 생각이 들었다. 난 그저 아무것도 하지 않고 있었을 뿐인데. 혹시 나는 다시 외로운 건가. 뭔지 모르지만 우스운 생각이 잠시 들었다.

엉망진창이라는 말을 참 길게도 하는구나.

네가 내게서 사라진 날, 그러니까 네가 내 앞에서 지워진 날, 백만 번이건 천만 번이건 얼마든지 말할 수 있습니다.

모든 게 뒤섞였다고요. 네가 빠져나간 백만 번의 수요일이건 천만 번의 금요일이건 나는 그 날들을 붙잡고 있었다구요.

몸에 새겨진 기억의 무늬와 사랑이라고 말할 수 있는 통속은 보이지 않지만, 백만 번이든 천만 번이든 아로새겨진 통증이 모여 네가 되었다구요.

천만 번이든 백만 번이든 참아야 했다구요. 의사가, 나는 구제불능의 불치병이래요.

3부

선배와 해산물 파는 선술집의 동그란 합석테이블에 앉아 늦게까지 마셨습니다. 샤브샤브를 주문했더니 살아 있는 해물들이 안주로 나왔습니다. 직원이 상을 차리는 동안 소주를 따라 마시며 물끄러미 해물을 쳐다보고 있었는데 '주꾸미한테 미안하신가 보다.' 음식을 서빙해주는 여자아이가 몸부림치는 주꾸미의 머리를 집게로 단단히 쥐고 웃으며 제게 말했습니다. 끓는 물속 뻣뻣해지는 자신의 몸통을 내려다보는 두 눈은 터질듯 부풀어 올랐고 그 작은 머리통 가득 깨알 같은 소름이 돋아 올랐습니다. 그렇게 차례차례 물속에서 올라온 주꾸미들은 가위로 잘려 내 앞의 접시에 놓였습니다. 선배는 소름 가득한 머리통을 아무 말 없이 아득아득 씹어 먹었습니다. 밤하늘은 맑았고 빈 술병이 쌓이는 시간 동안 선선한 바람이 소리도 없이 선술집을 드나들었습니다. 우린 오랜 세월을 함께 마셨습니다. 망망한 생을 건너며 깊은 바닥에서 고통만을 건져 올리던 선배의 한 시절을 알고 있습니다. 표정 없는 시선으로 바위산과도 같이 꿈쩍도 않는 일상을 밀어내던 날들을, 세상에 안달하지 않는 침묵을 나는 지켜봤습니다. 우린 다른 성분의 독을 품고 있어 서로에게 작

용하지 않는 이 뒤틀린 간극 안에서만 안도했습니다. 그리고 우린 이제 여기서부터 멀어져 갈 것입니다. 삶을 통과하는 모든 여객들이 지나야 하는 곳, 생명이 잉태하고 있는 소멸이 비롯되는 지점을 제각기 다른 시공에서 마주해야 한다는 것은 경이롭고도 두려운 일이지만 절망은 내게 담대함을 주니까요. 그리고 내겐 아직 오지 않은 절망들이 남아 있으니까요. 난 기다릴 뿐입니다. 그 가여운 해물의 머리통들을 씹으며, 내처 씹으며 말입니다.

창을 열었다. 창밖의 어떤 적요와 잠시 마주쳤다. 작은 빗방울들이 몸을 털며 베란다로 들어섰다. 난 제법 취한 상태였다. 제멋대로 반응하고 동작하는 세포들의 집합이 창밖에 있었다. 그 공통의 지향으로부터 나는 무관한 존재였다는 말을 꾹꾹 씹어 삼켰다. 물질이 교통하는 세계, 고통을 품는 것은 부조리한 장치 속에 스며든 불안정하며 불온하여 결국 튕겨나고 마는 불능하고 불가한 성분일 뿐이다. 그래서 또, 그 애잔한, **텅빈 곳으로 한 잔 한 잔 무심히 흘려보낸다.** 그러곤 다시 생각하지 않는다. 이 불가능한 실험은 가능할까?

사랑하는 연인이 되어
처음 맞은 십이월 첫눈 오던 날
함께 돌담길 걸을 때
당신은 몇 걸음 앞에서 날 돌아보며 웃었죠
그때 내가 했던 말 기억하나요
별처럼 따뜻하네요, 당신은
믿을 수 없이 까마득한 곳에서
질나쁜 암흑을 지나 기적처럼 내게 당도한
형용할 수 없는 눈부심과 온기를 전해주는
입자들의 눈물겨운 낙하이거나
내 마음 한켠에 닿아 바라볼 수 없어도
이 온몸을 한껏 출렁이게 만드는 파동일,
전체이며 전부일 당신은 말이지요

오전 아홉 시 벽제가 배경이다
내 눈물이 당신 볼에 우물을 만들었지
차오르던 숨은 연기가 되었지만
우리 슬픔은 끝내 타오르지 않았지
삶의 궁극은 어디에 있나
구름은 또 어디들 갔지
어두운 하늘과 붉은 벽돌 포치 아래
아무렇게나 주저앉아 마셨지
우주는 조금 가벼워졌을까
다시는 펼쳐지지 않을 틈새
가장 낮은 음표 하나 새로 달렸을까

폭　염　이　었　다

국도변 매운탕집

정오의 볕은 정수리를 태우고

마당의 개들은 혀를 널고 누워

지루한 최후를 기다리는 오후

술꾼들이 끓는 냄비 속 붉은 입술들을

하나씩 집어 들어 입에 넣는다

나는 **즐겁게 저질러지는 이 폭력**의

불가역적인 **목격자이고 증인**이다

생은 곡예였다

타인의 죽음은 타인에게 간섭받지 않았고

살아남은 자들은 어떤 영감도 주고받지 않았다

바람 낮게 불던 말간 아침

죽은 잠자리의 마른 날개처럼

한번 바스락 댔을 뿐

말장난 같지만,

지금 돌아보니 작란作亂이었고 착란錯亂이었다

관계는 자라지 않고 어긋났다

그곳에서 모두 아팠다

멈춰야 했으나 멈추기 전에 틀어져 버렸다

꺾어진 조립식 나무의자처럼

내어줄 수 없다면 멈춰야 했다

벗어날 때마다 늘 파국이었다

심장에서 울음이 터졌다

울음을 그치고 멈춰야 했다

마침내 그래야만 했다

틀어지기 전에 멈춰야 했다

불행은 시간을 천천히 흘려보내는 습관을 가지고 있었다. 작은 물줄기를 가로막은 바위처럼 무더운 한낮 연병장의 소음처럼 부풀어 오르는 생을 질식시키기도 했다. 지독한 악취미였다. 깊어진 바닥에서 하나씩 떠오르는 물거품을 따라 나는 또 오래도록 아팠다. 아팠으나 자초한 것이었으므로 견딜 만했다. 그때 맑은 슬픔만이 나의 정원 호젓한 연못 속에서 홀로 자맥질했다. 아무도 보는 사람이 없었다.

가능하기만 하다면
너의 바깥이 되고 싶었다
그래, 반복하중 때문이었다
땅에서 먹이를 찾아야 하는
새들의 불안한 강하도
새들을 따라 아래로만
짙어지는 노을도
산란하는 그 빛을 좇아
분열하고 파쇄되는 상념들과
그곳에서 흘러내려
깊이 저류하는 슬픔도
그 끝에 매달린 비탄과
반복될수록 가벼워지는
저 모든 내가 되지 못한 바깥들도

이른 아침 부질없는 생각들과 함께 집 주위를 **걷다 서다 빙빙** 돌았다. **다시 술이다.** 짐짓 떠오르는 누구 하나 없는데, 아무나 혼잣말로 흉을 좀 보고 나서 해장국집에 들어섰다. 슬픈 습관이다. 밥 하나 시켜서 소주를 말아 삼킨다. 다섯 테이블 중 세 팀이 나누는 비밀스런 주연을 들으며 난 내게 술을 건네고 말을 건네고 **철든 다짐을 몇 번인가 건넨다.** 경배해야 할 비밀까지도 모두 다 이내 잊는다. 취해서는 또 몇 사람 생각을 했다. 역시 슬픈 관행이다. 술이 가르치는 시간은 오묘해서 아침에 쓴 술은 밤에도 쓰다. 안 마신 척 들어와 눕는다. 자다깨 남은 술로 꿈속까지 헹궈내고서 다시 누웠다. 네 옆에 눕고 싶었으나.

❦

너는 내게 없다. 아무리 둘러봐도 없다. 없음을 생각하게 하는 너.

없음은 가능한가. 아무것도 없다는 것은 무엇일까. 없음을 생각하고 없음을 쓰는 것은 복음인가.

너는 내게 있었다. **있음은 왜 가능한가.** 있었다는 것은 무엇을 가능하게 하는가.

너를 되뇌고 있다. 되뇌는 방식으로 너를 잊고 있다. 최대한 무력하게 최선을 다해 무능하게.

경솔한 애긴지는 모르지만, 삶이 어서 이곳을 지나가 주면 좋겠다.
삶을 열망하다가 이미 죽어버린 자들에겐 미안하지만,
나의 질량과 나의 밀도와 나의 성분이 전부 풀패키지로 지나갔으면 좋겠다.
내 모든 변이와 변주의 기록들도 그 모든 궤적과 궤도까지도
홀로 애틋한 나의 경계들이 모두 나를 훌쩍 지나갔으면 좋겠다.
역시나 불가능에 대한 이야기다. 나를 불가능 전문가로 불러도 좋다.

어지러운 밤이었다. 잠이 오지 않아 이른 시간이었지만 목적지를 향해 걸었다. 바닷가에 낮게 드리운 희뿌연 안개가 내게서 먼 곳으로 물러나고 있었다. 낯선 장소, 낯선 사람들. 밤새 어딘가를 헤매다녔다. 무심한 표정들 사이로 언뜻 낯익은 누군가를, 그리고 그 누군가의 눈빛에서 외로움을 본 것 같았고 황급히 그 이름을 부르려고 했다. 내 꿈속에서 다른 이의 꿈속을 떠돌아 다니던, 내가 알고 있을지 모를 어떤 이름을.

우리의 연애는 서로의 반대편에서 견고하게 대치하다가 맺고 끊어지길 반복했다. 21년 만에 만나, 21일 만에 다시 헤어졌다. 바닥을 짚고 있던 손끝에서 한기가 느껴진다. 춥다. 얼음줄기가 핏줄을 타고 온몸으로 퍼져온다. 당신을 만졌던 손을 가슴에 갖다 대본다. 이것 봐, 심장이 동파하고 있어. 입에서 냉기가 뿜어져 나온다. 차갑구나 온 세상이. 결국 난 이곳에 오지 말았어야 했다. 내가 할 수 있는 것이라곤 나만 들을 수 있었던 목소리 하나 남겨 놓는 것. 슬프다는 말은 오늘은 하지 않겠다.

시간이 표범처럼, 포크레인처럼 힘을 내는 지점이 있어. 살아보니 그런 지점이 정말 있더라. 슬픔이 더 거칠어지고, 아물었던 상처가 급격해지는 지점. 보이지 않던 시간의 물결이 쏴아 하고 귓가에 울리는 지점. 내 모든 생이 급격히 모이는 지점. 마치 중력처럼 말야.

나를 왜 찾아온 거니,라는 당신 물음에 난 생각처럼 대답할 수 없었다. 내 마음을 알릴 수가 없었다.

이게 다인데, 이제 된 거니?

저녁이 되면 터널을 지나가는 차들로 길은 꽉 막혔고 교통 체증은 밤이 되도록 풀리지 않았다. 그럴 때 차에서 보면 어느 낡은 집 창에서 흘러나오는 불빛이 보석처럼 반짝거렸을 테고, **반짝거리는 것들은 사람의 마음을 얼마나 쉽게 갸륵하게 하는지.** 심장이 벌써 들썩이는 것이다. 저 불빛 아래 앉아 있고 싶어서. 멀리서 반짝이는 모든 것들은 외로운 사람을 금방 알아보고, 그 사람 눈에 띄어 그리움 같은 것을 불처럼 일으킨다.

이 세상이 거대한 암호체계처럼 느껴졌다. 세상을 해독할 수 있는 가장 기본적인 도구인 언어는 내 심장에 새겨진 적 없었다. 나는 바깥세상 속으로 들어가는 출입문 앞은 고사하고 점점 내 안에 깊숙이 갇혀 한 발자국도 밖을 향해 내디딜 수 없는 수인과도 같았다. 나를 가둔 자는 어디에도 없었다. 어디든 갈 수 있었지만 아무데도 갈 수 없었다. 결국 나는 내 안으로 더 깊이 들어갈 수밖에 없었다. 내가 나를 내게로 떠미는 이 기막힌 시퀀스. 그러다 보면 바닥이 너무 가까웠다. 나는 아주 가는 숨을 천천히 내쉬며 아무 말도 하지 않고 살 수 있는 세상, 말도 없고, 암호도 없고, 그것이 지칭하는 의미도 없는 그런 세상을 그리워했다.

그는 죽었다. 굴뚝을 따라 푸른 연기가 잠시 하늘로 번져 올랐다. 그일까, 생각했다. 기다란 굴뚝을 보았을 때 그가 노트에 적어놓았던 짧은 글귀가 언뜻 떠올랐지만 정확히 생각이 나질 않는다. 아침 아홉 시, 구름, 벽제. 이런 단어가 쓰여 있는 글이었는데 난 조금 전 아침 아홉 시의 벽제에서 그를 화장하고 낮게 흐르는 구름을 보며 **그곳을 빠져나왔다.** 죽음은 낯설었다. 납빛이었다. 죽음은 그의 온몸에 주권자의 표시를 해두었다. 내게는 아직 오지 않은 죽음. 나의 죽음은 내게 영영 알려지지 않을 것이다. 죽기 전까지 나는 살아 있다고 믿을 것이고, 죽었다면 나는 내가 죽은 것을 모를 터이니. 내 죽음은 내 외부이며 경계이다. **창틀과 창밖**이다.

걷는 속도와 사유의 양은 반비례하는 것 같다. 걷는 동안에는 좀 더 빨리 그리고 멀리까지 걷고 싶다, 아주 먼 곳으로 가고 싶다는 생각이 든다. 더 이상은 갈 수 없는 먼 곳. 그런 곳이 있을까. 더 이상 나아갈 수 없는 곳. 당도하는 모든 것을 집어삼키는 곳. 대상의 세계와 구별된 인식과 행위의 주체의 목소리가 미사곡처럼 장엄하게 울려 퍼지는 곳. 아니, 대상의 세계와 구별된 인식과 행위의 주체가 무화된 곳. 미지도 초월도 존재하지 않는, 아무것도 아닌 곳. 오래된 상상은 가끔 현실의 꿈처럼 느껴진다. 그런 곳에 다다를 수 있을까. 내가 이런 꼴로 어떻게? 나는 결국 힘겹게 스스로 던진 질문의 포로가 된다.

우연을 믿지 않는다. 사실 내 눈앞에서 벌어지고 있는 일들도 쉽게 믿질 못한다. 당신이 내게 있었다는 사실조차도. 언덕 아래 사람들, 자동차들, 소음들. 저 하늘 끝 위태롭게 걸려 있는 태양과 그 흐린 빛도. 당신이 떠나간 것도. 그리고 나를 따라 이곳까지 쫓아온 저 붉은 달도. 내가 믿든 믿지 않든 관계없이 존재하는 것들. 나는 술 한 잔을 따라 경의를 표한다. 그게 내가 할 수 있는 일의 전부니까.

익숙한 저녁이 오고,

곧 밤이다
터널 아래로 자동차의 불빛들이
빠르게 달려가고
먼 하늘이 어두워진다
어둠은 무엇을 향해 가는 것일까
무엇들이 어둠이 되는 것일까
난 어둠을 찾지 않았고
어둠도 내게 오지 않았다
중요한 것은,
내가 어둠이 되느냐 아니냐일 뿐
어둠과 절체절명의 사투를 벌이는 일일 뿐

슬픔에 빠져 있을 때 내 감정을 문장으로 표현하려 했던 적이 있다. 슬픔은 어떻게 쓰는 걸까. 아니 슬픔은 쓰여질 수 있는 걸까. 그 막막함 앞에서 주저앉아 흐느꼈다. 소리 없는 통곡이었다. 아무것도 쓸 수 없다,는 것을 쓸 수 있을 뿐이란 걸 알았다. 당신을 생각한다,고도 나는 쓸 수 없었다. 순식간에 나를 통과하는 여러 감정들을 그저 두서없이 늘어놓기 바빴다. 내 감정을 드러내는 맞춤한 단어를 만들지 못했다. 통속적인 단어들만 가득했고, 그것들을 동원해 적은 두서없는 감정들은 내게는 뒤집어놓은 카드처럼 보일 뿐이었다. 카드의 앞면을 영원히 볼 수 없는 것은 불행한 일이라고 생각했지만 카드 뒷면들은 한결같은 견고한 아름다움을 보여준다,고 고쳐 생각하기로 했다. 어쩌면 쓰여지지 않은 내가 가장 나를 잘 표현한 것인지도 모른다고.

시시한 일에 대해 생각한다

낡은 행성 낡은 구두 낡은 시계 낡은 의자 낡은 정오
낡은 하품

낡은 태양 낡은 입자 낡은 욕망 낡은 체념 낡은 공간
낡은 어둠

낡은 우산 낡은 외출 낡은 경계 낡은 고통 낡은 걸음
낡은 눈물

시시한 당신 시시한 나 시시한 시간 시시해져버린
낡은 미래

애틋함도, 연민도 처음엔 없었다. 지금은 아련한 그리움이 느껴질 뿐이다. 내겐 그가 남긴 슬픔이 아직 조금 남아 있고 이 슬픔을 속절없이 바라볼 수밖에 없지만 되돌리고 싶은 것은 아무것도 없다. 이별은 계속되어야 한다. 매 순간 끝없이 헤어져야 한다. 남김없이 잃어야 한다. **이별은 그런 것이다.**

어떤 침묵은 바로 그 앞에 자리 잡은, 그러나 이제야 비로소 알아버린, 그 순간까지 오래도록 있어왔던 슬픔을 가리키고 있지. 당신의 침묵은 그런 것이었다고 생각해. 내 이별보다 더 아픈 그런 것. 당신은 없지만, 나는 계속 당신이 그립지만, 당신이 여전히 어디선가 그 슬픔을 혼자서 마주보고 있을지 모른다는 생각이 나를 피폐하게 하고, 나를, 내 숨을 잠식하고, 날 붙잡고 있는 것들을 흔들고 있어. 깊이 숨어버린 당신의 슬픔이 내 모든 것을. 허리케인처럼 강하고 난폭한 당신.

어떤 날에는 먼저 떠난 사람들을 생각했다. 죽음의 공포에 짓눌렸을 놀란 마음과 삶의 마지막 연민 사이에 있었을 그들의 고통과 두려움을 내 게으른 삶에 대입해 보기도 했다. 떠난 이들을 하나하나 떠올리다 크게 취해버린 나는 결국 너를 떠올렸고, 이내 너와의 기억에 휩싸였다. 그러곤 너는 살아서 나를 떠났으나, 나는 죽음처럼 남겨졌다는, 급진적인 생각이 들었다. 화들짝 놀라 고개를 세게 저었다.

아름다웠다고 여겼던 내 안에 잠시 머물다 사라져버린 것들 모두 위선이었거나 기망이었다는 것을 뒤에 알았다. 기이한 빛으로 물들거나 그윽함을 내보여주는 것들도 그러했고, 마찬가지로 그것들은 착각이거나 오해였다. 이 별의 모순을 감싸고 있는 불멸의 자기장과 단단한 모래알갱이들이 간신히 지탱만 하고 있는 내 삶을 나로부터 밀어내고 나는, 그저 구름 너머 빈 하늘을 오래도록 바라보거나 걷다 멈춰 발 디딘 곳을 손등으로 가만히 두드려보는 것 말고는 아무것도 할 수 없었다. 저항도 투항도 그 어느 것도 아닌.

당신을 내 삶에 이어붙이고 싶었던 시절이 있었다. 그건 부인할 수 없는 사실이다. **어떤 조짐이나 징후도 없이 행복했을지 모를 시간들**, 마주앉아 서로의 무릎을 어루만져주는 것만으로도 우리가 살아버린 다른 생은 사라져버려야 했다.

교각 아래 흐르는 냇물을 내려보다가 감정이 북받쳐 올랐다. 떨어지는 눈물을 거두려고 하늘을 올려봐야 했다. 저무는 석양 풍경과 사랑과 이별이라는 풍속에 휘말린 우리는 오래전 버려진 소품들이었을까. 그런 생각이 들었다. 그제야 다시 흐르는 냇물을 내려다볼 수 있었다.

영혼은 누구입니까, 영혼은 어디에서 왔습니까, 계속 자문을 하다가 문득, 지독한 숙취에서 깨어나듯 영혼의 거처는 구두 속과 비슷하지 않을까 하는 생각이 들었습니다. 시간이 지나면 냄새도 나고 곰팡이도 피게 되는 그런 곳에 드물게 자리 잡은, 욕심 많고 어지럽고 변덕스러운 주정뱅이 같은 것 아닐까, 내 영혼은 그런 데서 살다가 미끄러져 햇살 앞에 가끔 당도하는 게 아닐까, 이런 생각이 들었다는 말입니다. **천성이라고밖에는 말할 수 없는 내 부끄러움은 오로지 그곳에서 왔습니다.** 진즉 당신에게 털어놓고 싶었는데, 아, 당신의 눈동자, 당신의 눈동자를 보는 순간 말문이 막혀버렸습니다. 비밀과 진실을 선연히 담아내는 그 암흑의 깊이에 압도된 나는 아무 말도 하지 못했던 것입니다. 그렇습니다. 난 그저 구두 속에 갇힌 영혼입니다. **그곳에는 꽃도, 나비도, 빗물도, 안개도 아무것도 없을 겁니다.** 끝내 당신을 보지 못할 겁니다. 당신을 구두 속으로 초대할 수는 없는 일이니까요. 그리움을 견디기 힘들 때, 바보처럼 저는 점점 더 구두 속으로 숨습니다. 미안하지만 당신만, 부디 당신만 알고 있으세요.

민하영

한국에서 태어났고 건축과 디자인, 미학을 공부했다. 삶이 유한하다는 것과 빛나지만 짧은 진실의 순간들로 채워진다는 걸 깨닫고는 모든 것을 예외 없이 소멸시키고 마는 강고한 시간을 거스를 수 있는 것이 사랑이라고 믿게 되었다. 그 불멸과 궁극의 가능성에 가닿고 싶어 사랑을 찾아 헤매고, 문학적 언어와 음악에의 몰입을 통해 자신에게 왔다가 사라진 사랑을 애도하고 있다. 문화콘텐츠와 건축 기획자로 일하고 있다. '나'라는 현신은 모든 곳에 존재할 수 없으므로 어디에도 존재할 수 없다는 허무의 철학을 신봉한다.

죽지 말고 지지 말고 사랑해

1판 1쇄 펴낸날 2024년 2월 21일

지은이 민하영
펴낸이 Tardy Yum
펴낸곳 **카프카의방**
등록 2024년 1월 12일 제2024-000015호
주소 경기도 고양시 일산동구 강석로 152, 712-602
전화 031-903-2111

ISBN 979-11-986316-0-2 03810

잘못된 책은 구입하신 서점에서 바꾸어 드립니다.
값은 뒤표지에 있습니다.